これは
わたしの／ぼくの
本(ほん)です

....

....

イングランドの北東部には
のびやかな大自然が ひろがっています。
そこに むらさきのヒースの花で おおわれた
マグルスウィックの森が あります。

そのちかくには
くずれかけた 小さな修道院や
ヒツジがいる 草原があり
きよらかな水を たたえた
ふかい川も ながれています。

そばには 村<small>むら</small>もあって
教会<small>きょうかい</small>と 小<small>ちい</small>さな家<small>いえ</small>が ならんでいます。
そんな うっとりするような場所<small>ばしょ</small>が
このおはなしの舞台<small>ぶたい</small>なのです……

わが子 フローレンス、エティ、ビー、トム、
ブルックファームのいとこ アルビー、ジェイク、エドウィン、
親友の ジェイミー、エイミー、名付け子の フレディ、
そして 最後に、アンドリューへ 励ましの感謝を込めて
——V.C.

Text by Victoria Cowie.
With illustrations by Charlie Mackesy.
Text and illustrations copyright © Victoria Cowie 2018
Map (endpapers) and decorative motifs (pages 1, 2, 3, 8, 9, 10, 35, 51, 52, 78, 79, 80,
114, 115, 116, 160, 161, 162, 188, 189, 190) copyright © Kathryn Rathke 2024
This translation of TALES FROM MUGGLESWICK WOOD
is published by SHUFUNOTOMO Co., Ltd.
by arrangement with Bloomsbury Publishing Plc through Japan UNI Agency, Inc., Tokyo

マグルスウィックの森のおはなし

2025年4月20日　第1刷発行

作　ヴィッキー・カウイー
絵　チャーリー・マッケジー
訳　小宮 由

ブックデザイン　小沼宏之
手描き文字　佐藤右志

発行者　大宮敏靖
発行所　株式会社主婦の友社
　〒141-0021 東京都品川区上大崎3-1-1 目黒セントラルスクエア
　電話 03-5280-7537（内容・不良品等のお問い合わせ）
　　　049-259-1236（販売）

©Yu Komiya 2025 Printed in China ISBN978-4-07-461103-4

Ⓡ〈日本複製権センター委託出版物〉
本書を無断で複写複製（電子化を含む）することは、著作権法上の例外を除き、禁じられています。本書をコピーされる場合は、事前に公益社団法人日本複製権センター（JRRC）の許諾を受けてください。また本書を代行業者等の第三者に依頼してスキャンやデジタル化することは、たとえ個人や家庭内での利用であっても一切認められておりません。
JRRC〈https://jrrc.or.jp eメール：jrrc_info@jrrc.or.jp 電話：03-6809-1281〉

本のご注文は、お近くの書店または
主婦の友社コールセンター（電話0120-916-892）までご連絡ください。
＊お問い合わせ受付時間 月〜金（祝日を除く）10:00〜16:00
＊個人のお客さまからのよくある質問のご案内
https://shufunotomo.co.jp/faq/

マグルスウィックの森のおはなし

ヴィッキー・カウイー 作
チャーリー・マッケジー 絵
小宮 由 訳

主婦の友社

もくじ

1の巻き
マグルスウィックの
森の魔法
11

2の巻き
ふしぎな昆虫
53

3の巻き
スニッティントン屋敷のひみつ
81

4の巻き
モグラのあな
117

5の巻き
馬の精霊ケルピー
163

　　木の葉が　黄金色に色づく　あるはれた秋の日
　つめたく　はりつめた空気が、日をおうごとに
　ひろがっています。ゆうがたの　やわらかい日ざしのなか
　　　5人の子どもが、ある農家のまえ庭で
　顔をかがやかせながら　一れつにならんでいました。

　女の子のベスと　グレースは、たのしげな歌を　うたい
　男の子のサムと　ジェイクは、しかめっつらをしている
　　　　ジョンを見て　わらっていました。
5人は　いとこどうしで、みな　あかるい　子どもたちでした。
みんなが、まえ庭に　ならんでいたのには、わけがあります。
　　これから、このマグルスウィックの森に
　　　みんなのおばあさんが　やってくるのです。

やがて ふるい車が やってきて
子どもたちのまえで キキィと とまりました。
そして、バタン！ と、ドアをならして
おばあさんが おりてきました。
おばあさんは、りょううでをひろげ
子どもたちを うけとめると
みんなのほっぺに キスをしてくれました。
お日さまは、もう カシの木のうしろに
かくれようとしています。
かわりに、くらい雲が、よるのとばりを
おろそうとしていました。

そのよる、子どもたちは
それぞれのへやで ベッドに はいりました。
いちばん年下の女の子 ベスが、あくびをしながら いいました。
「ねえ、おばあちゃん。なにか おはなししてくれる？」

おばあさんは、にっこりして いいました。
「ええ、もちろんよ。そうね、じゃあ ここ
マグルスウィックの森のおはなしを してやろうかね」

マグルスウィックの森の魔法

むかし あるところに
おまえのような 金髪の女の子が いた。
ある日、おかあさんは
女の子に 家のお手つだいを たのんだ。

女の子は、たのまれた お手つだいを すませると
赤いコートをきて、ブーツをはき、かいだんの下から
2かいにいる おかあさんにむかって さけんだ。
「おかあさん、マグルスウィックの森に
さんぽに いってくる！」

女の子は、にこにこしながら
スキップで 庭をぬけ、小道へ出た。
すると、家のすぐそばの やぶのなかに、はんぶん
かくれるように 立っていた ノームを 見つけた。
ノームというのはね、ひげをはやした 小人のことよ。

女の子は、ノームの赤いぼうしと
みどりのオーバーオールを見てみたくて
その場に しゃがみこんだ。

「こんにちは、ノームさん。お会いできて うれしいわ」
と、女の子は いった。「でも、どうして こんなところに？」
ノームは、耳を いじりながら、すこし まえに出ると いった。
「わしは、ネビルと もうします。あなたは、ノームの仕事を
ごぞんじでは ないのかな？ わしは ここで
アブラムシどもから 花をまもっておるのです」

「へぇ、お花をまもってるなんて
とっても えらい お仕事ね」
女の子は、かんしんして いった。
「あたし、これから マグルスウィックの森へ
さんぽに いくの。いっしょに いかない?」
ネビルは、ちょっとだけ かんがえると
「いいでしょう」と いった。

そこで ふたりは、ならんで あるきだした。
女の子が 1ぽ すすむごとに、ネビルは 2ほ あるいた。

すこし いくと、ウサギが すうひき
ふたりのまえを ぴょんと よこぎった。
と そのとき、女の子の目に ぴゅっと
あおいひかりが はしった。

女の子と ネビルは
立ちどまって 空を見あげた。
それは、きれいな あおいトンボだった。

あおいトンボは、女の子の頭の上を 右に左に とびまわった。
「こんにちは」女の子は、あおいトンボに あいさつした。
ネビルも あおいトンボに いった。
「どうして そう せわしく とびまわるのかね。
おぬしを 見てると、目が まわるわい」

「ぼくは こうやって、ハエとか カとか ハムシを
つかまえてるんです」と、あおいトンボは こたえた。
「おぉ、そいつは たすかる」と、ネビルは いった。
「あいつらは、うっとうしくて かなわんからなぁ」

「どうじゃ」ネビルは つづけて いった。
「おぬしも わしらと いっしょに
マグルスウィックの森へ さんぽに いくか?
えんりょは むよう。きっと たのしいぞ」

あおいトンボは、上がったり
下がったりしながら いった。
「わあ、おもしろそうですね!
ぜひ、ごいっしょさせてください」

そうして みんなは、すずしい風が そよぐ
秋の日ざしのなか、ならんで すすんでいった。

とちゅう、大きな麦わらの
　たばがある 畑を よこぎって

ヒツジたちに 手をふると……

じきに みんなは、ふるい砦にある
大きな木のとびらのまえに ついた。

とびらのりょうがわには、おそろしい顔の
ガーゴイルが いた。ガーゴイルは
「ここは とおせません！
おひきとりください」と いった。

ネビルは　くびをすくめた。
　　女の子は、ガーゴイルにむかって　いった。
　「お仕事のじゃまをして　ごめんなさい。
　だけど、あたしたち　マグルスウィックの森へ　いくところなの。
　　よかったら　あなたたちも　どう？
　　きっと　ここよりも　空気が　おいしいわよ」

それをきいた かたほうのガーゴイルが とびおりてきた。
そのとき すなぼこりが まったので
女の子は、おもわず せきこんでしまった。
すると、もう かたほうのガーゴイルも おりてきて
「さ、こっちへ おいで」と いって
女の子の頭に かかった ほこりを
やさしく おとしてくれた。
「わざとじゃないんだよ。わるく おもわないでおくれ」

女の子は、すこし むすっと したけれど
やがて きげんを なおして
また いっしょに すすみだした。

みんなは、たのしい おしゃべりをしながら
ぶらぶらと あるいていった。
きょうは、なんて きもちのいい日(ひ)だろう。

女の子たちは、そろって エディー橋を
わたった。すると どこからか
ふかく くぐもった声が きこえてきた。
声のぬしは、みどりのカエルだった。

カエルは、つかまえたばかりの ミミズを 口に くわえていた。
じたばたしていた ミミズは
やがて ごくりと のみこまれてしまった。
「おやおや、これは お見ぐるしいところを」と
ようきな声で カエルは いった。
「ですが わたしは、ミミズには 目がないもので」

「ところで」と、カエルは つづけて いった。
「こんな いい天気の日に そろって どちらへ おいでです？
ごいっしょしても よろしいかな？」

「ええ、いいわ。
ぴょんぴょんしながら
ついてらっしゃい。
あたしたち
マグルスウィックの森へ
いくところなの」
と、女の子は いった。

そうして、カエルと 2ひきのガーゴイルと あおいトンボと
ネビルと 金髪の女の子は、そろって さんぽを つづけた。

とうとう 大きなカシの木が
立っているところへ やってきた。
森の木のえだのあいだから
あかるい 木もれ日が さしている。

それから 森の小道を とんだり はねたり
はねを ならしたりして すすんでいくと
やがて、野原の上に
草や きのこが 輪になってできた
フェアリー・リングを 見つけた。

女の子たちは、それを見て おどろいた。なぜって？
それはね、フェアリー・リングのなかで
たくさんの妖精たちが うっとりするような
サン・ダンスを おどっていたからだよ。

すると カエルは、ぴょんぴょんと
女の子は、タララ タララと おどりだし
ネビルは、あしを タタタン タン
ガーゴイルは、むやみやたらに はねまわり
あおいトンボは、ツイーと とんで 輪を かいた。

木の葉は、そよ風に ふかれ
まるで ワルツを
おどっているかのように
ふわり ふわりと まいおちた。

つかれた みんなは
そばの いすに こしかけた。
それは、どんぐりで できた スツールで
テーブルは 赤いきのこだった。

妖精と ガたちが たのしげに おどるなか
かしこそうな ネズミが あらわれた。
おいしそうに じゅくした
ブラックベリーを 午後のお茶にと
はこんできてくれたんだよ。

そこへ いたずらずきの妖精 ピクシーが
かわいい森の妖精 ニンフと いっしょに やってきた。
ほかにも ウサギや ハリネズミ、おしゃれな 小悪魔
インプでさえも、お茶に よばれに やってきた。
そして、あっというまに ときが すぎ
どこからか 鐘の音が ひびいてきて
たいようのひかりが ピンク色に そまってきた。

女の子は、うすぐらくなった 空を見て いった。
「あら、いったい いま、なんじかしら？」
そして、森で 出会った ものたちと
だきあって わかれをつげた。
みんなは、できるだけ いそいで
とんだり はねたりしながら
マグルスウィックの森を あとにした。

エディー橋をわたって
　　まずは カエルと わかれると

　　　　　　　ふるい砦の 木のとびらで
　　　　　　　ガーゴイルとも わかれ

さっき 会った ヒツジたちに「おやすみ」
と いって、あおい トンボとも わかれた。

そして さいごに、家のまえの小道で
ノームとも おわかれし
とうとう 家にかえってきた！

よる、女の子は ベッドに はいると
きょう あった ふしぎなことを かんがえた。
あたらしい ともだちが できたこと
こころに しまっておきたい
すてきな ひみつが できたこと……

女の子は、にっこりと ほほえみながら
とうとう つかれて ねむってしまった。

おばあさんは、ベスの金色の髪を やさしく なでました。
ベスは、もう ねむっています。
おばあさんは、そっと ささやきました。
「おやすみ、おちびさん。いつか おまえにも わかるだろう。
いまのは、ただの つくりばなしじゃないってことが。
あの小さな女の子って いうのはね……」

「ほんとうは、わたしなのよ」

つぎの日、こんどは、ベスのいとこのサムが
おばあさんに おはなしを してもらおうと
ベッドで まっていました。

サムのへやのドアが ゆっくりと あいて
おばあさんが はいってきました。
「さ、ちゃんと よこになりなさい」
おばあさんは そういって、へやにあった いすを
ひきよせると、おはなしを かたりはじめました。
それは、こんな おはなしでした……

ふしぎな昆虫
   こん ちゅう

ある男の子が、青々と 草のおいしげる
マグルスウィック湖のそばで
人形で あそんでいた。
赤毛で はだが 白く、鼻のまわりに
そばかすのある子だった。

すると、どこからともなく カサカサと
1ぴきの昆虫が ちかづいてきた。
男の子は、それを見て びっくりした。

これは、カブトムシかな？　いや、ちがう。
カブトムシなら、これまでだって　見たことがある。
でも、こんなに　おっきくない。
それに　赤みがかった茶色で
体に　しましまのたてせんが　はいってる。

りょうわきには、ぎざぎざした
白いさんかくの　旗みたいな毛が　はえていて
顔は、毛むくじゃら
黒い眼は、大きくて　ぷっくりとしていた。

男の子は、まえに いとこから
マグルスウィックの森は 魔法の森だと
きいたことがあった。そこで 男の子は
その昆虫を そっと つかまえると
家へ もってかえり
おかあさんに 見せてあげた。

すると、それを見た おかあさんは
とたんに かなきり声をあげた。

「ちょっと！ そんなの すててきなさい！
きっと、でっかい ゴキブリよ！」

そこで 男の子は、おねえさんに 見せに いった。
おねえさんは、てがみを かいていた。
そして 男の子が もってきたものを 見ると ひめいをあげた。
「きゃっ！ やめて、このいたずらっ子！」

そこで こんどは、ものしりの おにいさんに 見せてみた。
ところが おにいさんは、ろくに 昆虫も 見ずに いった。
「おい、ちび。いったはずだぞ。
おれのへやに かってに はいってくんな。
いいか？ これからも 永遠に、だ！」

男の子は、すっかり しょげてしまい
どうしたものかと かんがえた。
「そうだ、おとうさんに 見せてみよう。
おとうさんなら やさしいし
こわがったり おこったりしないはずだ」

そこで、おとうさんに 昆虫を 見せてみると
おとうさんは、目をまるくして いった。
「おぉ、こいつは きっと、コフキコガネだ。
だけど こんな でっかい コフキコガネ
見たことがない！」

男の子は、昆虫の名まえが
わかって うれしかったけれど
もっと いろんなことが しりたくて
おばあさんにも 見せることにした。
そこで おばあさんのへやに いって
ドアを コンコンと ノックした。

ドアをあけた おばあさんは
そばかすだらけの 男の子の顔を じっと見つめた。
そして 目を きらりとさせると
ほっぺのしわを くしゃっとさせて
にっこり ほほえんだ。

「さ、おはいり。どうしたんだい？
なにを 見せに きたんだね？」
「コフキコガネだよ。こんな おっきいの。
きっと せかいで いちばん おっきいよ！」

「あら、ほんとだ！」
と、おばあさんは いった。
「だけど……ははぁん
そいつは ただの 虫じゃないね。
この虫は きっと……

魔法のコフキコガネだ！」

おばあさんは、つづけて いった。
「いいかい？ これは うそじゃないから、よぉく おきき。
この虫を つかまえたらね、ねがいごとを するんだ。
そうしたら、そのねがいごとは かならず かなう。
あさになると、小鳥のさえずりが きこえるのと
おんなじくらい かならずね」

そこで 男の子は、魔法のコフキコガネを もって
ねがいごとをした。
「どうか 赤い自転車が もらえますように」
それが、男の子が そのとき
いちばん ほしかったものだったんだよ。

よる、男の子は ベッドによこになると
魔法のコフキコガネを そばのテーブルに おいて
昆虫のことや、赤い自転車のことを
頭のなかで ぐるぐる ぐるぐる かんがえた。

　たしかに いとこの いうとおり
マグルスウィックの森は、魔法の森に ちがいない。
男の子は そうおもいながら、魔法のコフキコガネに
　　やさしく いきを ふきかけた。

いつのまに ねむってしまったのだろう？

たぶん、あのあと すぐ だったかもしれない。

あさ、男の子が 目をさますと

なんと 魔法のコフキコガネが いなくなっていた！

そこへ おばあさんが やってきて
やさしく だきしめてくれた。
「よしよし、だいじょうぶよ。
くよくよ するのは およし。
わたしも いっしょに さがしてやろうかね」

すると、コンコンと、ドアをノックする音(おと)が きこえた。
やってきたのは、おとうさん。
おとうさんは、こくびを かしげ
　ぽりぽり 頭(あたま)をかきながら……

「こいつは いったい なんなんだ？
　うちのまえに、ピカピカの
　赤い自転車が とどいてるぞ！」
　と、いったんだって。

おはなしが おわって、おばあさんは サムに
キスをしてくれました。サムの小さな顔は
星のように かがやいていました。

「さ、ゆっくり おやすみ、かわいい ぼうや。
　ナンキンムシに かまれなさんな！」

おばあさんが やってきて、3日(か) たちました。
そのころには、子(こ)どもたちのあいだで
よる、おばあさんが たのしいおはなしを
してくれるという うわさが ひろまっていました。

子(こ)どもたちは、ベッドによこになりながら
きっと おばあさんの頭(あたま)のなかには
魔法(まほう)の本(ほん)が はいっていて
そこから いろいろな おはなしが
出(で)てくるんだと おもっていました。
そして、サムのおねえさんの グレースは
おばあさんの おはなしのなかで
スニッティントン屋敷(やしき)のおはなしが
いちばん 気(き)にいりました。

スニッティントン屋敷のひみつ

むかし、マグルスウィックの森のはずれに
スニッティントン屋敷という ふるい家が たっていた。
あるとき、その家が 売り出されることに なった。
この家に すんでいたのは、プラムケーキ夫人という女性で
もう ずいぶん 年をとり、そのうえ、ご主人が なくなったので
いよいよ この家を 手ばなそうと きめたらしい。

「もう 主人が いないんだもの
ひとりで こんな ひろい家に すんでても しかたないわ」
プラムケーキ夫人は、鼻をすすりながら そういった。

たかい かべに かこまれた スニッティントン屋敷は
ふつうの家では なかった。
あまり しられていなかったが
あるひみつが あったのさ。
じつは、この家には 夫人のほかに
もう ひとり、すんでいるものが いた。

それは、ブラウニーという
小さな はずかしがりやの妖精だった。
ブラウニーは、この家に ずっと むかしから
すんでいて、いつも 家を そうじしたり
かたづけたりしてくれていた。

べつに たのまれもしないのに
そんな仕事を やっていたんだけど
おれいに お金をよこせということは なかった。
ただ、ハチミツをかけた ポリッジという
おかゆに にたものを
もらうだけで よかったんだよ。

ブラウニーという妖精(ようせい)は、あつかいが ちょっと むずかしい。
がんこなことで ゆうめいで、そのうえ
なにを かんがえているのか よく わからない。
たとえば、こっちが よかれとおもい お金(かね)を さしあげます
というと、それが しゃくに さわるらしく
ものすごく はらをたてる。

もちろん、プラムケーキ夫人(ふじん)は、いつも 家(いえ)のなかが
きれいなので、ブラウニーが いてくれることを
ありがたく おもっていた。それに、まちがって
ブラウニーを おこらせてしまったら たいへんなことになる
ということも、よぉく わかっていた。

ブラウニーには しんせつ ていねいが いちばんよ。
もしも おこらせてしまったら
とっても こわい ビースト・ボガートに なりますよ！

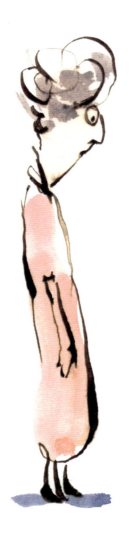

スニッティントン屋敷は、売りに出されると
すぐに 買い手が ついた。プラムケーキ夫人は
いざ、ひっこすことを かんがえると、ちょっと
さびしくなった。そこへ 電話が かかってきた。
この家を 売るのを 手つだってくれた 不動産屋からだ。
不動産屋は、家を 買った人が じきに そちらへ
いくから あいさつしてほしいと いってきた。

とうとう 家をあけわたす日が やってきた。
げんかんのベルがなり、プラムケーキ夫人が
ドアをあけると、ひとりの男が 立っていた。
「ごきげんよう、プランバム夫人」と、男は いった。
いきなり 名まえを まちがわれて
プラムケーキ夫人は めんくらってしまった。
「さ、なかを あんないしてもらおう」
男は そういって ズカズカと はいってきた。
「もし、お茶を いれるつもりなら、紅茶に
してくれ。ちゃっちゃと すませたい。ここまで
きたら、みれんがましく おもわんことだ」

男の名は、コンスタンチン・プラット。
プラットさんは、ごうまんで ぶあいそうで
そのうえ、はじしらずな男だった。

そうは いっても
プラムケーキ夫人は
この男に 家のなかを
見せるしかなかった。

「では、まず台所を ごらんください」
プラムケーキ夫人は かんがえる まもなく
さきに あるきながら そういった。
プラットさんは、台所を見た。
さっぷうけいで 風とおしが わるそうだと おもった。
「だが、だんろは まあまあだ」と
プラットさんは いった。
「ん？ なんだ？ このだんろのまえの ちっこい いすは」

「あぁ、これですか」
と、プラムケーキ夫人は いった。
「これは、ブラウニーの いすです。
このいすは、うごかさないでください。
さもないと、やっかいなことに なりますから。

ブラウニーには しんせつ ていねいが
いちばんよ。もしも おこらせてしまったら
とっても こわい ビースト・ボガートに
なりますよ!」

「くだらんことは いい!
さ、あんないを つづけろ」
プラットさんは そうどなって
台所から 出ていった。

92

ろうかには、ものおきが あり
なかには モップや バケツ
そうじきや ほうきが
はいっていた。

「このものおきの とびらは
いつも すこしだけ
あけておいてください」
と、プラムケーキ夫人は いった。

「ブラウニーは、このなかの どうぐが ないと
そうじが できないんです。いいですか?
わたしたちが ブラウニーのルールに
したがってやりさえすれば
なにも やっかいなことは おこりませんから。

ブラウニーには しんせつ
ていねいが いちばんよ。
もしも おこらせてしまったら
とっても こわい
ビースト・ボガートに なりますよ!」

「プランバム夫人」と、プラットさんは いった。
「わるく おもわないで いただきたいが
ごそうぞうのとおり、わしの時間は たかくつく。
むだ口を たたかず、このだだっぴろい 家を
はやく あんないしたまえ。
ブラウニーだの なんだのと
たわごとは もう たくさんだ！」

「あぁ、そのようね！」
プラムケーキ夫人は、こころのなかで おもった。
「こんな いじのわるそうな男を、これいじょう
　　しんぱいしてやっても しかたないわ！」

そこで プラムケーキ夫人は、プラットさんに
ブラウニーが お金を うけとらないということや
ハチミツをかけた ポリッジが
　　大すきだということも おしえなかった。
このぶれいな 小金もちの男を このまま
　　スニッティントン屋敷に のこしてやって
　　　人のはなしをきかないと どうなるか
　　　　おもいしるがいい！

プラムケーキ夫人は
にもつを まとめると
ふるい家にむかって
さようならと 手をふった。

そして、くるりと 背をむけ
たかいカシの木が 立ちならぶ
荒れ地に目をやった。
マグルスウィックの森も
ちらっと 見えたが
かなしくて 見つめられなかった。

プラットさんは、ポケットに 手をつっこんで
にたにたしながら いった。
「さ、いまや この家は わしのものだ。
はやく カギを よこしたまえ！」

プラットさんは、プラムケーキ夫人が門から出ていくと
さっそく やっては いけないことを しはじめた。

だんろのまえの 小さないすを うごかし
ろうかにある ものおきの とびらを しめてしまったのだ。
もちろん、ハチミツをかけた ポリッジなど
出してもやらなかった。

それから、もっていた 山づみの お金を かくし
あとは ベッドで やすもうと
よたよたと かいだんを のぼっていった。

そのよる、プラットさんは あんのじょう
とんでもない目にあった。ベッドで よこになっていると
とつぜん だれかに 耳を つよく ひっぱられたのだ！
プラットさんは、びっくりして 目をさまし
おそろしさのあまり うごけなくなってしまった。

それから また うとうと するまで
ずいぶん 時間(じかん)が かかった。
そして、つぎに おこったことは
プラットさんにも
うまく せつめいできなかった。

わるい ゆめでも 見(み)たかのように
右(みぎ)に左(ひだり)に ねがえりを うっていると
とつぜん まあたらしい かけぶとんを
だれかに ギュッと ひっぱられたのだ！

プラットさんは、さけび声をあげ
おもわず 赤ちゃんのように
なきだしてしまった。
「あぁ！ プランバム夫人の いうことを
ちゃんと きいておけば よかった。
あの夫人が いっていたことは
ほんとうだったんだ。
このスニッティントン屋敷には
ブラウニーが すんでいる！
プランバム夫人は、なんども
わしに そういっていた！

なんとか かんとか なんとかで
ブラウニーが おこったら
ビースト・ボガートに
なりますよ って！」

ビースト・ボガートになってしまった ブラウニーは
いらい、スニッティントン屋敷のなかを
そうじしたり かたづけたりしなくなった。
おかげで プラットさんの高価な服は
ネズミに かじられ、頭には シラミがわき
買ったパンには カビが はえ、ミルクは くさり
ランプは つかなくなって
飼っていた犬は あしを くじいてしまった。

しまいには、高級なワインが ただの水に かわってしまい
とうとう がまんが できなくなった プラットさんは
まるで サイのように ドッドッドッと、にげだしてしまった。

「こんな家、もう やだ！ きっと さいしょから
わしには あってなかったんだ！」
こうして プラットさんは
スニッティントン屋敷から 出ていったのさ。
なんと、ビースト・ボガートも つれてね！

そのあと、プラットさんが どうなったか
それを 本人にきけたら
きっと こう こたえてくれたはず。
「それからの人生
わしは ひとりきりでは なかった。

どんなに 知恵をしぼっても
どんなに 苦労をかさねても
ビースト・ボガートは、ずっとずっと
わしのそばから はなれなかった！」とね。

　おはなしをききおえた グレースは、くすくす
わらっていました。おばあさんも わらいました。
そして、グレースの りょうほうの ほっぺに
キスをすると「ほら、もう おちついて」と、いいました。

「もし おまえが、これから 目を しっかり とじて
いい子に ねむってくれたら、あした
マグルスウィックの森で ピクニックでも しようかね」

つぎの日のよる、ベッドによこになった ジョンが
おばあさんに いいました。
「グレースが いってたんだけど、きのうのよる
グレースに おはなしした？
きのうは、ぼくに ヒュー少佐の おはなしを
してくれるって おもってたのに」

「あぁ、あのモグラのおはなし？」と
おばあさんは ききました。
ジョンは「うん」と うなずきました。
「わかったわ。じゃあ、きょうは
そのおはなしを しましょう」

モグラの あな

むかし、マグルスウィックの砦に
ヒュー・ホワイト少佐という 軍人が すんでいた。
ヒュー少佐は あるあさ
大きなあくびをしながら、ねむたい目をこすり
まどから 庭をながめた。
すると、しばふに きみょうなものを見つけた。

「あっ、なんてこった！」と、ヒュー少佐は さけんだ。
「うちの庭が 攻撃をうけている！
また やつが もどってきたんだ！」

ヒュー少佐の庭は
いつも きれいに 手いれが されていたが
いまは まるで 爆弾をおとされたかのように
あちこちが でこぼこしていた。
ヒュー少佐は、それが モグラのしわざと わかると
いかりで 血が にえたぎった。
「ここは、わたしの庭だ！」ヒュー少佐は 大声をあげた。
「にくたらしい モグラめ！
きっと ぎゃふんと いわせてやる！」

　そのあなを ほったのは、メルヴィンという モグラだった。
　メルヴィンは、よる はたらいて、あさ ねむる
はたらきものの モグラで、あなほりが とても とくいだった。
だから あちこちと ながいトンネルを ほり
ヒュー少佐の庭にも、たくさんの でこぼこを つくっていた。

メルヴィンは、銀色の光沢がある 黒い毛皮に つつまれていて
歯や ツメは まるで 短剣のように するどかった。
目は 小さくて黒く、鼻さきは ピンク色。
まえあしは スコップのように ひろくて
ひらたい かたちをしていた。

そのモグラのメルヴィンは
これから　ヒュー少佐が　じぶんに　たいして
宣戦布告をしようと　していることに
まったく　気づいていなかった。
ヒュー少佐は、まんぞくげに
モグラ退治の作戦を　ねりながら
うん、これなら　うまくいくぞと
ほくそえんでいた。

「よし、わが作戦、名づけて『まちぶせ奇襲作戦』は
本日、ゆうこく、わが家の愛犬とともに　実行だ！」
と、ヒュー少佐は　つぶやいた。

その日のゆうがた、ヒュー少佐は、モグラをまちぶせるため
迷彩服をきて、シャベルをもち、愛犬をたずさえて
庭の茂みに 身をかくした。

ヒュー少佐の作戦は、モグラが あなから 顔を出したら
シャベルで たたいてやろう というものだった。

ヒュー少佐は、モグラが 顔を出すのを
　　まって、まって、まちつづけた。そして、とうとう
　　　まちくたびれて、シャベルを 地面に たたきつけた。

「あいつめ！ どこに いきやがった！」
ヒュー少佐は どなった。

そのとき、メルヴィンは なにをしていたかというと
そこから ずっとずっと とおくの地面を ほっていたのさ！

ヒュー少佐は、いかりを にじませながら いった。
「わたしに『負け』という文字はない！
やつを 退治するまで ぜったい あきらめないぞ！」
ヒュー少佐は、また あらたな作戦を 立てるため
つぎの日、いそいで 出かけていった。

「つぎで かならず、モグラ退治を おわらせてやる」
ヒュー少佐は、そうつぶやきながら
サッチャーさんの店に むかった。
サッチャーさんは、ここらあたりでは
モグラ退治の名人として しられていたんだよ。

そのサッチャーさんは、つめたくて あいそうのない
　　やせた男だった。いつも モグラの皮でつくった
コートをきていて、たいらな ぼうしを かぶっていた。
もじゃもじゃした もみあげが、あごまで のびていて
ごみばこのなかの くさったジュースのような においがした。

チリン、チリン！ ヒュー少佐は
ドアのベルをならして 店に はいった。
そして、店のなかを ぐるりと見まわすと
まんぞくそうに ほほえんだ。

「どうも、サッチャーさん」と、ヒュー少佐は いった。
「おたくにある いちばん いい モグラとりを くれ」

「なるほど、モグラとりですか」と
サッチャーさんは こたえた。
「ヒュー少佐、ここには ごらんのとおり
たくさんのわなを とりそろえております」

「ですが、モグラを退治したいなら、わなではなく
においで おいはらうのが いちばんです。
もっと ちかくへ およりください。
くわしく おはなししましょう」

「いいですか、まず やるべきことは」
サッチャーさんは ささやくように いった。
「あたらしい モグラのあなを
見つけたら、そのなかに ひまし油を
たっぷりと そそぐことです。
このときの ひまし油は、まあ、安物でも いいでしょう。

そのあと、ラッパスイセンの花びらで 地面をおおい
防虫剤と イラクサをまき
におい爆弾をしかけるのです」

「それから、これは あまり しられていない やりかたですが
　庭に フルーツあじのチューインガムをまいても
　効果があると いわれています。

　　さらに、魚のはらわたを まくのも いい。
　　ですが、ここだけのはなし
　モグラが いちばん きらう においは なんだと おもいます？
　　それはですね……しんせんな ウシのフンです！」

ヒュー少佐は、サッチャーさんのアドバイスを
すべてメモすると「では、いま うかがったものを
　　すべて 15こずつ もらおう。
　それで お会計をしてくれ」と いった。
サッチャーさんは、商品を ふくろにつめながら いった。
「おたくの庭から はやく モグラがいなくなると いいですなぁ。
　　あ、ちなみに うちの店には
魚のはらわたと ウシのフンは おいておりません。
　そちらは、ごじしんで 用意してください」

もし、モグラのメルヴィンが
いまから おこることを しっていたら
これいじょう、ヒュー少佐の庭に
ちかづかなかったかもしれないね……

そのあと、ヒュー少佐は、足ばやに魚屋へ むかった。
そして 魚のはらわたを たっぷり ゆずりうけたが
そのくささと きたら！

それから つぎに むかったのは、農家だった。
すると、農夫のテイラーさんが
きょうれつな においを はなつ ウシのフンを
ちょうど 荷車に つみこんでいるところだった。

ヒュー少佐は、ウシのフンも ゆずりうけ、砦にもどると いった。
「よし、ふたたび 戦闘開始だ！ やつの鼻が まともなら
　このにおいをかげば、いっぱつで にげていくはずだ」

庭に出た ヒュー少佐は、モグラのあなの
まわりに、まず、イラクサを まいた。
それから ラッパスイセンの花びらで
地面をおおうと、つぎに フルーツあじの
チューインガムを すべて 地面に つきさし
防虫剤と 魚のはらわたも ばらまいた。

それから モグラのあなに
ひまし油を たっぷりと そそぎ
ウシのフンを ドサッと おとして
庭じゅうに すっかり のばしてまわった。

そのころ、メルヴィンはというと
地上で おこっていることなど つゆしらず
おいしく ミミズを たべていた。

ヒュー少佐のおくさんは、庭のようすを見て声をあげた。
「あなた！ いったい、なにを してらっしゃるんです？
サッチャーさんが こうしろと おっしゃったんですか？
いくらなんでも やりすぎですよ！」
「そんなこと ないさ」と、ヒュー少佐は こたえた。

「さ、ちょっと どいておくれ。さいごに このにおい爆弾を
しかけるんだから。15こも あるんだぞ」

ヒュー少佐(しょうさ)は、モグラのあなに シャベルをつきさすと
ふかくふかく あなを ほっていった。

150

　それから、そのあなに におい爆弾をうめ、さいごに
導火線に 火をつけ、いそいで 庭の木のうしろへまわると
地面に ひざをついて、手で 頭をおおった。すると……

ボッカ————ン！！！ という ものすごい 爆発音とともに
土と けむりが 空をおおい
なにかが あたりいちめんに とびちった。

見ると、かべが 魚のはらわたと ウシのフンまみれに
なっていた！「キャ———ッ！」おくさんは、ひめいを
あげて 立ちつくした。におい爆弾は、つぎからつぎへと
爆発し、そのたびに 地面が ゆれ、しばふが ふきとび
ものすごい においが あたりを つつみこんだ。

そのころ、きもちよく　ねむっていた
モグラのメルヴィンは
爆発音と　ゆれで　目をさました。
だけど、メルヴィンのねどこは
地面の　ずっとずっと　ふかくに
あったから、あぶないことは
なにも　なかった。

いっぽう ヒュー少佐(しょうさ)は、おくさんのかなきり声(ごえ)に
イライラさせられていた。「いいから、そう キーキーいわず
きみは 家(いえ)に はいってなさい！」

「わたしが いみもなく キーキーいうとでも
おもってるんですか?」と、おくさんは さけんでいた。
「ごらんなさい。うちの庭が
ふきとんでるじゃありませんか!

ばかげた 軍事演習は、もう おやめください!
たかだか モグラがつくった 小さな山のために
それよりも はるかに 大きい山を
じぶんで おつくりになってるんですよ!」

そのご、モグラのメルヴィンは どうしたとおもう？
メルヴィンは、マチルダという かわいい おくさんを 見つけて

14ひきの 子宝(こだから)に めぐまれたんだって。

おはなしを ききおえた ジョンは、にこにこしながら
手を パチパチと たたきました。
おばあさんは、にっこりして いいました。
「メルヴィンは 爆弾の音に さぞかし びっくりしたろうねぇ。
ヒュー少佐も かわいそうなこと。モグラの子どもが
14ひきもいたら、あの庭は どうなっちゃうんだろ」

おばあさんが へやのあかりをけすと、月のひかりが
さしこんできました。ジョンは、しあわせそうに
あくびをすると、ゆっくりと 目をとじました。

おばあさんが きて、5日目のよる、子どもたちは
ひとつのテーブルを かこんでいました。きょうは
ジェイクのたんじょう日だったのです。いとこたちは
きれいに つつんだ たんじょう日プレゼントを
ジェイクに わたし、おいしいケーキを たべました。

　おばあさんは、にこにこしながら お茶をのみ
　　　子どもたちにむかって ききました。
「みんなは、馬の精霊ケルピーって しってるかい？」
すると 子どもたちは、これから たのしい おはなしが
はじまるんだと わかり、とたんに しずかになりました。
そこで おばあさんは、馬の精霊ケルピーのおはなしを
　　　　　　　してくれました。

馬の精霊
ケルピー

それは、ある秋の満月のよるだった。
月あかりは、こうこうとして
畑の 麦の穂が 黄金色に かがやきだし……

ヒキガエルが 夏のおわりをつげる

さいごのひとなきを すると

いよいよ スピノサスモモの茂みで

舞踏会が ひらかれるときだ。

さいしょに、その舞踏会への招待状が とどいたのは
　　　森の妖精ニンフ族の ニーブだった。
招待状をうけとった ニーブは、キャッキャッと
よろこびの声を あげ、ちゅうを くるくると とびまわった。
　　ニーブは、じつは もう 302歳だったんだけど
　　　　見た目は まだ、少女のようだった。

　　ニーブは、スキップしながら ちかくの池まで いくと
　　　　池にうつる じぶんのすがたに みとれた。
「うん、シワもないし、シミもない。かんぺきね！」
と、ニーブは いった。「あとは、きていく ドレスが
もんだいね……トリクシーが かしてくれるかしら？
　　会場までは、馬の精霊ケルピーで いけたら いいな」

エディー橋のたもとに、妖精の小さな家が
かくれるように たっていて
そこに いたずらずきの妖精ピクシー族の
トリクシーが すんでいた。

トリクシーも、舞踏会の招待状をうけとると
とても よろこんだ。
「やだ、舞踏会まで あと1週間しかないじゃない。
どんな いたずらが できるか
いそいで かんがえなくっちゃ」

トリクシーは、川べのブタクサのあいだを
ひらひら まいながら
頭のなかを くるくる かいてんさせて
たのしそうな いたずらを おもいうかべた。
「あ、でも あたし、どうやって
スピノサスモモの茂みへ いけば いいかしら？
イアンが たすけてくれるかしら？
たしか イアンは、馬の精霊ケルピーに
ともだちが いたはず」

スニッティントン屋敷の うつくしい庭をかこむ
たかい かべには、鳥かごが ひとつ さがっていて
そこに 小悪魔のインプ族 イアンが すんでいた。

イアンも、舞踏会の招待状をうけとると
うれしそうに ほほえんだ。「これこそ、まさに わたしが
ほしかったものだ。よし、あつまってくる妖精たちに
いかに わたしが かしこいか 見せつけてやろう。
わたしの紳士らしい ふるまいは、もはや 芸術なのだから！
おっと、そのためには 髪をきらなくては。
ネビルが きってくれるかな？ むこうまでは ケビンに
のっていこう。ケビンは馬の精霊ケルピーのはずだから！」

マグルスウィックの森のちかくに、カシの木が 立っていて
その木のねもとに、ゆうかんなノーム族の 小さな村があった。

あさ、ノーム族の ネビルは
大きなあくびをして 目をさました。
それから あさごはんをたべようと テーブルにつくと
家のドアの ゆうびん口に、1つうの てがみが とどいた。
それを見た ネビルは、じぶんの目が しんじられなかった。

　ネビルは、もさもさした あごひげと
ぴんとした 口ひげごしに 舞踏会の招待状をよんだ。
「いそいで ふろに はいらねば！」と、ネビルは いった。
「みんなに くさいと おもわれたら たいへんだ！
あとは、どうやって むこうへ いくかだが……そうだ
馬の精霊ケルピーの ケビンに つれていってもらおう」

妖精たちは、馬の精霊ケルピーに のりたがっていたけれど
じつは ケルピーが おそろしい 馬だということを ちっとも
しらなかった。ケルピーという 馬の精霊は、きぬのように
なめらかな 黒い せなかを見せて「さ、おのりなさい」
と さそってくる。だけど、ぜったい のったら だめ。
なぜかというと、一ど ケルピーに またがったら
ぴたっと くっついて はなれられなくなってしまうから。
そして、ケルピーは 風のように 草原を かけぬけ、さいごは
ふかくて くらい 川のなかに ざぶんと とびこんでしまう！

もちろん、ケルピーに のった人は くっついてしまっているから
馬から おりることも、うかぶことも できない。
そうして その人は、にごった くらい 川のそこに しずんでいき
そのまま なくなってしまうのさ。

さて、いよいよ 舞踏会の日が やってきた。
ケビンは「さ、おのりなさい」と、妖精たちに 頭をさげた。
すると さいしょに、森の妖精 ニーブが
ふわふわと とんで ケビンに またがった。
つぎに いたずらずきの妖精 トリクシーが
ドレスの そでを ひらひらさせながら のった。

それから 小悪魔のイアンが、じょうひんに
ほほえみながら あとに つづき
さいごに おふろあがりの ノーム族の ネビルが
ケビンに よじのぼった。

「どちらまで おいでです?」
と、ケビンが たずねた。
みんなが いきさきを つげると
ケビンは、さっそく しゅっぱつした。

ケビンは、一ど はしりだしたら とまらない。
妖精たちを のせたまま、マグルスウィックの森のおくにある
スピノサスモモの茂みを めざし
ダダダッ ダダダッと 地面をけって
ゆるやかな 草原をかけあがる。
そして、ふかくて くらい 川に ちかづいた。
妖精たちは、ケビンのたてがみを ぎゅっと つかんだ。

ケビンの体は あせばんで、鼻のあなは 大きくひろがっている。
あぁっ、はたして このまま
くらい 川に とびこんでしまうのだろうか！

ところが、しんぱいは いらなかった。なぜなら ケビンは……

馬の精霊ケルピーでは なかったからさ！
ケビンは、ただの うつくしい黒馬だったんだよ。

「え？ ただの黒い馬だったの？ おばあちゃん」
ジェイクが わらってききました。
「でも、ぼく さいしょから わかってたんだ。
ケビンは、わるい馬なんかじゃないって！」

すると、ジョンも ききました。
「ねえ、それで その舞踏会で なにが あったの？
みんなは ずっと たのしく
おどったんだよね……」

空のひくいところに
大きな満月が のぼってきました。
おはなしが おわり
子どもたちは、おやすみまえに
おばあさんに だっこしてもらいました。

5人の子どもは、しあわせな きもちで
ベッドに はいりました。
まどから見える 空が だんだんと くらくなっていきます。
でも、こんや みんなが 見る ゆめは
どれも かがやいていることでしょう。

おやすみ
そとの つめたくて しんせんな 空気(くうき)。
おやすみ
しずかな 川(かわ)と、むらさきの ヒースの花(はな)たち。
おやすみ
ふるい カシの木(き)と、クローバーのしげる野原(のはら)……
おばあさんの
マグルスウィックの森(もり)のおはなしは
これで おしまい。